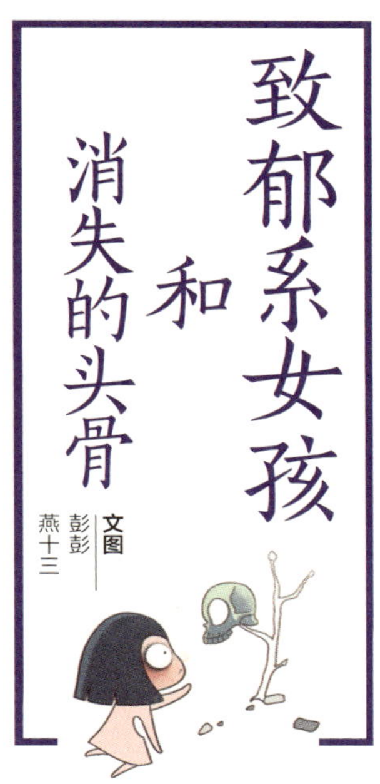

致郁系女孩和消失的头骨

文 彭彭
图 燕十三

上海社会科学院出版社
SHANGHAI ACADEMY OF SOCIAL SCIENCES PRESS

致郁系女孩七比和消失的头骨

最后，七比决定将头骨藏在心洞里。放心，安好。

不过有心的人，一般也只敢爱自己，你输的资本都没有，倒是胆大。

你看，多美。那些小家伙其实只需要一些合适的营养。太多和太少，都会长不好。

海底才是最安全的，有阳光和爱情的地方，就有危险。

爱

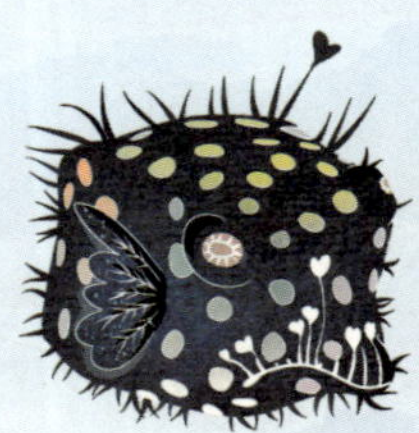

孤独岛

七比生活在孤独星球的孤独岛上的包子屋里，她从来没有走出过孤独岛。

她的生活简单而又单调。
七比偶尔跟自己说说话，
偶尔听听音乐。

每天散散步。
每天做丰盛的饭菜给自己吃。
每天在自己影子的陪伴中入眠。

七比的一天……

什么也没有发生

七比的一年……

什么也不会发生……

七比没有心，
她也不为此而难过，
为什么要因从来没有的东西而烦恼呢？

不过有那么几个瞬间，
七比以为自己破损的心口被补好了，
最后才发现是一场空。

七比想：
没有心，也是好的。

在这个包子屋旁边的森林里，
住着一个调皮的小孩，
他总是拿着弓箭朝其他人心口乱射。
据说被射中的两人会相爱。

没有心，就能轻易地逃走。

当然，没有心也有很多不方便的地方。

比如现在的植物长得那么快，
睡在野外就会 ——

孤独星球没有时间的概念，
当七比觉得自己已经活得足够的时候，
她决定结束自己的生命。

就在这时，
七比邂逅了头骨。
头骨被包裹在树枝深处，
可七比还是一眼就看到了他，
于是她把头骨带回了家。

这就是缘分吧，
好像命中注定似的。

七比和头骨，
一起等花开花谢，
一起看日出日落。

他们度过了一段甜蜜的时光。
太幸福了，七比想。

不知道从哪天起，
七比开始害怕这种幸福的感觉。

你一个人的时候会不会想到我？

她是一个没有心的女孩，没有人会喜欢一个没有心的女孩，七比想。

如果你不喜欢我，
为什么要对我笑？

你身上总是有股死人的味道。
你的家人让人
讨厌……

以前没有留意到的心洞，
开始无限地扩大，
七比再也看不到其他，
除了那个心洞。
七比变得胆战心惊，
患得患失。
她开始挑剔头骨的缺点。
你太瘦了一点
肉都没有。
你的前女友有着极差的品味。

你一点也不特别。

七比在心里默默说：
这样糟糕的你，
呆在我身边就好了。
这样糟糕的你，
只能呆在我身边。

可是，
哪怕七比每天对自己这么说，
她依旧觉得不能呼吸般地难受。

她决定将头骨藏起来。

藏在哪里呢？
藏在泥塑里，
头骨会不会呼吸难受？

藏在墓地里，
头骨会不会喜欢上别人？

藏在河水里，
头骨会不会被流水冲走？

藏在树枝上，
头骨会不会被小鸟偷掉？

最后，七比决定将头骨藏在心洞里。

放心，安好。

藏好头骨后，
七比以为会回到以前孤独却轻松的日子，
没想到，
对头骨深切的思念让她度日如年。

七比后悔了，

决定把头骨从心洞里捞出来，
可是，头骨从她心洞里消失了！
无论她怎么努力，
也无法从心洞里找回头骨。

七比崩溃了，

后悔让她肝肠寸断，

她整日伤心流泪。

九十九天后，

泪水淹没了包子屋，

七比被自己的泪水冲出了屋子，

冲到了海边。

七比从泪水中爬起来，
她看着远处的海平面，
心中突然升起勇气，
她决定——
离开孤独岛去找头骨！

孤独星球是一望无际的汪洋，
无数的小岛分布其中。
七比找到一个空椰子壳做这次远行的船，
怀揣着对头骨的思念，
趁着潮汐，出发了。

七比第一次这么近距离接触大海，
她将头伸出椰子，
好奇地看着眼前宽广没有边际的蓝色世界。

她捧起一点海水放在嘴里尝了尝，
啊，真咸！跟眼泪一样咸，
七比想起被自己眼泪湮没的包子屋，
心想。这片海洋，该是多少人的泪水汇聚而成的呀？
他们都是因为失去了自己的头骨吗？

美 人 鱼

第一天的旅程风平浪静，七比乘着椰子壳漂流着。刚开始，她为海上那些没有见过的新奇事物而兴奋，很快这股兴奋劲就消失了。

真是无聊啊。七比看着眼前茫茫的海水想，还不如孤独岛的生活呢。

这时，隔着很远，七比看到一个凸出海面的礁石，一片金黄在阳光下闪闪发亮，走近了，七比才发现，那是一条极美的美人鱼的金色秀发。

终于遇到一个人了，七比兴奋地把头伸出椰子壳，挥舞着双手和美人鱼打招呼。美人鱼坐在礁石上，埋头无比陶醉地看着海水里自己的倒影，没有理会七比。

“美人鱼，你有看到我的头骨吗？”好不容易看到一个人，七比迫不及待地问道。

美人鱼没理睬她，继续一动不动地看着自己的倒影。

“美人鱼，你有看到我的头骨吗？”七比不依不饶地问。

“你的头骨，除了你的脑袋还能去别的地方吗！？”美人鱼不耐烦地说。

“我的头骨，是我的恋人，他消失了。”

“消失的恋人还找他做什么？”美人鱼捋了捋自己的长发说道，“你找他，你就输了。”

“输了什么？”七比不解。

“自尊心啊！”

“可是我没有心。”七比低头不好意思地说。

“啧啧，你连自尊心都没有，还敢去爱其他人？”美人鱼斜下眼角瞥了七比一眼，说道，“不过有心的人，一般也只敢爱自己，你输的资本都没有，倒是胆大。”

七比开始为没有心的事情感伤，她埋头想，头骨消失是不是因为嫌弃她没有自尊心？

可因为这样，自己也不怕输。七比想。

心的医生

七比继续乘着她的椰子壳漂流，她想着以前她没有心，并没有觉得任何不好，可是因为头骨，她感受到了自己这份缺失。

要是没有遇到头骨就好了。七比躺着看满天繁星，感到后悔。

这时椰子壳突然不动了，七比支起身子，发现她漂流到了一个小岛。小岛上种植着无数发着荧光的爱心花，五颜六色的亮光照亮这个如梦境般的小岛。

七比走出椰子壳，在一片片爱心花中穿梭着。她看到一个瘦高的戴着红草帽的大叔，正在打理这一片爱心花园。

“你好。”七比说。

大叔专心地整理着花园，好像没有听到七比的声音。

“你好。”七比更大声地说。瘦高个大叔转身，七比看到他两只手上拿着十多把剪子和刀，不由得吓得倒退一步。大叔看着七比，说道："今天手术时间结束了，等明天再来吧。"

"什么手术？"七比问。

瘦高个大叔俯身凑近七比，惊讶地盯着她的心口："你没有心，来找我做什么？"

"您是？"

"我是心的医生，那些因为有心而痛苦的人就会来找我，我会帮他无痛去心。"

"还有人不想要自己的心？"七比惊诧地问。

"哈哈，这种人并不少。你以为有心是一件好事情？那是因为你从来没有体会到它给人带来的痛苦。心很容易生病，有些型号不好容量又小的心，会让人呼吸困难，这时对于它们的主人来说，心就是一个累赘。"

"当然它也可能会痊愈，只是需要时间。太多人熬不过这段痛苦的时间，于是找到了我。我把这些割下来的心都栽种在我的花园里。"

"你看，多美。那些小家伙其实只需要一些合适的营养。太多和太少，都会长不好。"

七比崇拜地看着医生，心想真是一个厉害的人！这么厉害的人，也许知道头骨的下落？七比赶忙问道："我来找头骨，他是我的恋人，我把他藏在这个心洞里。”七比指了指自己的心口：“但他消失了。”

医生认真地看了看，说道：“你本身没有心，所以这里是一个天然黑洞，它会吞噬掉任何靠近的物体。也许你的头骨已经被你的心洞消化吸收掉了。”

“啊！？”七比惊恐地倒退一步，被……被……被心口消化掉了？……她浑身触电般颤抖着，“不……这不可能……”她摇摇头，喃喃地说。

心有自身的报警系统，如果难受，你会察觉到。但是心洞，就是一个黑洞，你无法得知什么东西被吸收进去了。

医生看着七比快哭出来的表情：“我说的也只是一个可能，也有可能头骨觉得难受所以跑掉了，你再找找看吧。”

七比深吸一口气，她对自己说一定有希望的。她向医生道别后回到了海洋上，继续寻找头骨的旅程。

蚌 壳 精

第二天晚上，七比从海面得到了一个大宝贝，那是一个五彩的坚硬的蚌壳。

七比敲了敲蚌壳。

“谁？”里面传来轻微而怯懦的声音。

原来里面还住着一只蚌壳精。

“蚌壳精，你有看到我的头骨吗？”七比现在遇人就问，她不想错过一点点线索。

蚌壳精打开一条缝，“头骨？”它小声地问。

“头骨是我的恋人，他从我心口消失了。”

“哎，”蚌壳精说道，“你应该把你心口缝起来，这样他就不会丢了。”

“可是，我还没有心。”七比沮丧地说道，“我还想着等有一天有心了再缝起来。”

蚌壳精说道：“不缝起来的心口是最危险的地方，我的心口就因为没有缝起来，结果心都被坏蛋偷走了。幸好我找到这个壳保护自己。”

蚌壳精小声地建议道：“别去找消失的头骨了，像我一样找一个坚硬的壳保护自己吧，如果你找不到，自己动手先把心口缝起来也比现在这样保险。”

可是，七比想，自己也没有心需要保护啊。

蚌壳精沉入了海底，离开前她对七比说：“海底才是最安全的，有阳光和爱情的地方，就有危险。”

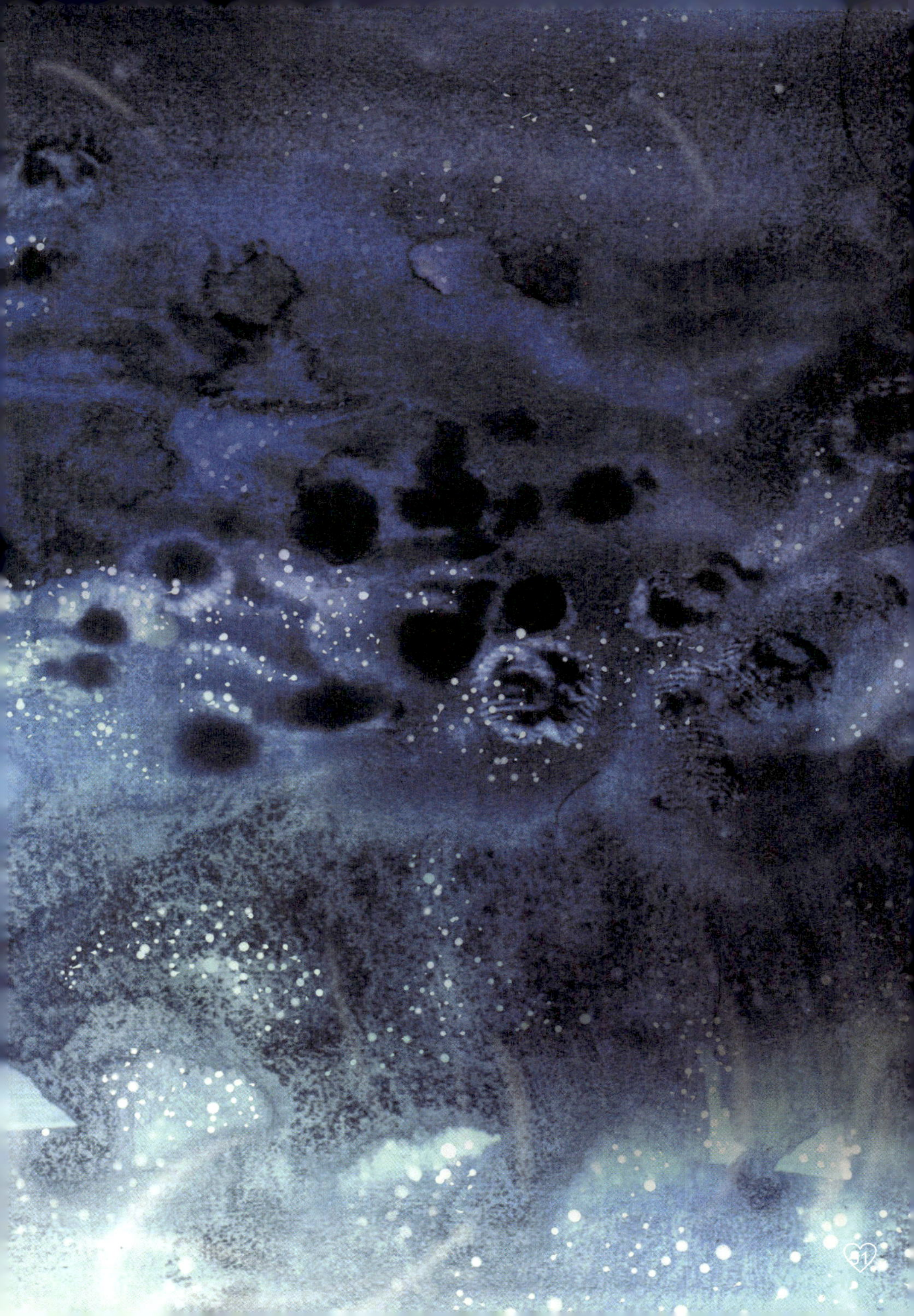

追风者

当龙卷风卷起海水和七比的椰子壳的时候，七比以为自己死定了。

她被甩出椰子壳，被卷到半空，又落入深深的、咸咸的海水里。

她下沉着、下沉着……在那一瞬间，七比想，幸好，这辈子曾经遇到过头骨。

就在这时，一只鱼怪把七比拖上自己的背，浮出水面。鱼怪快速地游动，如一道细长的闪电，劈开水面。

七比正准备道谢，但抬头看着越来越近的龙卷风，她突然意识到鱼怪在带着她追龙卷风。

“你在追龙卷风！？”七比扯着嗓子问道。

“是啊！”鱼怪大声地、兴奋地说，“龙卷风是我的爱人！”

七比顿时一肚子话被噎在喉头，竟然还有人和龙卷风相恋！

“龙卷风这么可怕，”七比说，“她脾气太糟糕！”

“哈哈！那是你不了解她，你抓稳，我带你去见见真正的她。”鱼怪再次加速，七比紧紧地抓住鱼怪的背鳍。

终于鱼怪追上龙卷风，七比和鱼怪被卷到了半空，七比觉得自己的身体快被吹得四分五裂了。

这时，突然一切停止了，消失了，出奇得安静。七比抬头看到了蓝天和白云，她和鱼怪双双落入水里面，鱼怪再次把七比背上背。

“你看，这就是她的真面目。”鱼怪一脸温柔地看着四周仍在旋转的龙卷风，“她虽然有着暴躁的外表，但她的内心总是无比的柔软。如果爱上一个人，就不要被她的外表呈现的一切吓跑，用坚持和耐心，去接近那个最柔软的核心。”

鱼怪正说着，被龙卷风甩出了风眼。

鱼怪将七比送到了附近的一个小岛上面，鱼怪对七比说道：“我要继续去追我的恋人了。”他自信地看着远方的龙卷风，“虽然她有时会消失，虽然她总是装出一副不在乎我的样子，但是我总能将她找到。”

七比看着鱼怪远去的背影，心想自己要是也像鱼怪这么自信，那么找到头骨应该就不成问题了吧。

可是，她终归是没有那种自信与勇气。

爱

石头怪

七比回头看了看这个小岛，她叹了口气，现在没有了椰子壳，她必须再找一个。可是这个小岛看上去荒芜一片，海滩上除了石头什么也没有。

七比坐下，背靠着一块大石头，她太累了，想先闭眼休息一会儿。

“砰！”七比的后脑勺撞到了地上。她摸着脑袋，掉头发现身后的那块大石头不见了，回头却发现大石头移到了她的右手边。

“我不喜欢别人靠我太近。”石头说道，七比才发现这不是一块石头，而是某种身上长着小植物的像石头的精怪。

“这是你的岛？”七比问道。

“我是一百年前到这里的。”

“你也被困在这里了？”七比有些失望地说，她原本还想着靠这个人出岛。

“不是，我在等一个人。”

“你等的人什么时候来？”七比又燃起了希望。

“我不知道。我和自己打了一个赌，我把心放在她身上，然后赌她一定会带着我的心来找我。”

“可是如果那个人在等着你回去，所以不来找你怎么办？”七比说，“你还是回去吧，都一百年了。”

“回去是没有意义的。”

“为什么？你不是想要回自己的心吗？”

“你理解错了，我想要的，是她爱我。”

“她知道你在这里吗？”

“不知道。”

“那她怎么可能找到你？”

“她爱我，就能找到我。如果她不来找我，怎么证明她是爱我的？”

七比不知道怎么去反驳这个人奇怪的逻辑，她突然想到是不是头骨也是故意躲起来，让她去找他？

“如果她不来找你，你就没有心了？”

“你还没有听明白？这就是一个赌，赌注就是我的心。”

七比听完有些难过，觉得很不公平。她记事以来就没有心，可是世界上这么多人都拿着自己的心做一些稀奇古怪的事情，主动成为一个没有心的人。

“你知道哪里可以找到椰子吗？我想离开这里。”七比看着一望无际的海面问石头精。

“椰子这里没有，不过在这个岛的深处，有一片森林，在那里你能找到造船的木头。”石头精说完也望向海面。

七比向岛的深处走去，回头看了一眼伫立在海边，等待了一百年的石头精。

眼 睛 树

走了一整夜，七比才走到岛中间的森林里。

这个森林有一片高耸入云的大树，这里的树很奇怪，枝干上长着一个个眼睛，七比走过，那一双双眼睛就会盯着她。

七比在一个大树的旁边找到一根已经断掉的粗树枝，大小刚好可以做一个独木舟。那些树枝上面的眼睛已经闭上，倒不是那么可怕。七比吸口气，使尽浑身的力气去拖地上的粗树枝，可地上的粗树枝纹丝不动。

“孩子，这样是没有用的。”

七比抬头，发现是旁边那棵参天大树在跟她说话。大树的枝干上有无数大大小小的眼睛，眼睛里渗透出智慧的光芒。

“你可以找回你的椰子壳，它更适合你。往前走一公里，你会见到一棵银色的树，你的椰子壳，被龙卷风刮走后落在了那棵树的树顶上。”

“你怎么会知道我的椰子壳？”七比诧异地问。

“我什么都知道。”

“你是怎么做到的？”七比无比崇敬地问道。

“我们家族，很容易受伤。被小鸟啄伤、被雨水打伤、被人砍伤……伤口会留下疤痕，接着长的树皮会慢慢包裹住那个伤口，但是不会封住伤口，而是会形成一个像眼睛的形状，最后，那个伤口会变成我们的眼睛，每个眼睛都能看到不同的事物，我已经三千多岁了，有上万个眼睛。”大树用低沉的嗓音说道。

“哇！”七比看着树干上的眼睛发出惊呼，太神奇了，上万个眼睛！那不是无所不知了吗！？

七比赶忙问道：“那您有看到我的头骨吗？他是我的恋人，他消失了。”

大树闭上那上万只眼睛，半晌后，他睁开眼睛：“真是奇怪，只要是存在的，我的眼睛都能看到，但我看不到你的头骨。”

大树再次闭上眼睛，他摇晃着枝叶，再次睁开眼睛，遗憾地说：“孩子，你确定你所说的头骨，是真实存在的吗？”

“他当然是真实存在的，”七比激动地说，“因为遇到他，我才有了活下去的勇气。”

“孩子，我们每个人都需要一个活下去的借口。”

“你这是什么意思！？”七比被激怒了，“你的意思是头骨是我虚幻出来的？你虽然有上万个眼睛，但是我确定，真正重要的东西，你什么也看不到！最可怕的是，你什么也不知道却以为自己知道一切！”

七比气冲冲地走了，那片森林都在她身后发出一声哀叹。

钓 鱼 者

清晨，七比在银色的树顶上找回了自己的椰子壳，继续海上的航行。很快到了中午，七比路过一个小岛，看到一个正在钓鱼的精怪，他专心地盯着吊杆，没有留意到沿着海岸飘到他身边的七比。

七比看了一眼精怪身边的鱼篓，空荡荡的，一条鱼也没有。七比原本也打算钓个鱼当午餐，但看着这个空鱼篓，她打消了念头。

“这里的鱼是不是很狡猾很难钓到？”七比问道。

精怪有些不屑地说道：“鱼都很傻。”

“可为什么你一条也没有钓到？”

“那只是因为我并没有那么想钓到鱼，我要是用心，分分钟都能钓到鱼。”精怪看着七比一脸不相信的表情，赶忙扬起鱼竿证明，“看到没，我并没有放鱼饵。”

七比讶异地看着空荡荡的鱼钩：“既然钓鱼，为什么不放鱼饵呢？不放鱼饵怎么可能钓上鱼？”

“因为我并不想钓上鱼。”精怪再次强调说，“这不是能力问题，只是我不想而已。”

七比不太明白地挠挠头，不过她想这也不关她的事情。她的事情，就是找头骨。

“你一直坐在这里钓鱼，有没有看到一个头骨？他是我的恋人，他消失了。我已经找了他好久。”七比有些绝望地说道，“到现在一点线索也没有。”

“我没有看到你说的什么头骨，”精怪说道，“但是我知道你这么拼命地去找他，铁定找不到。”

“为什么？”七比不解，“难道我不去找，他就会自己回来吗？”

“你太在乎他了，”精怪说，“越在乎的东西，越容易失去。你如果把一个东西放在自己的心口，那离失去也就不远了。”

“啊！”七比瞪大眼睛，“你怎么知道我把头骨放在心口上弄丢的？”

“我不知道，”精怪看着七比觉得好笑，“我还真没想到这世界上竟然还有人傻到把珍贵的东西收到心口上。”

“那我应该藏在哪里？”七比虚心讨教道。

“你压根就不应该把他藏起来，你要做的，是装作不在乎他，你越爱，就越得装作不在乎。”精怪回头盯着鱼竿，喃喃地说道，“也许这样你依然得不到，但至少，你的心会觉得好过一些。”

可是，七比转头看向海面说道：“我不需要心觉得好过，我没有心，我要的是头骨。”

海 鬼

“救命……”

晚上，七比听到附近的海面传来呼救声，她赶忙把头探向海面，一个长发的半透明的年轻女孩漂浮在水面。七比把她拉上自己的椰子壳。女孩很轻，像羽毛一样，没有重量。

女孩站在椰子壳的边缘，全身湿漉漉地往下滴水，细长的眼睛里写满了忧伤。

七比试着擦干女孩身上的水，但无论怎么努力也没用，女孩就像一口泉眼一直往外冒海水。

七比放弃了，她抬头问女孩：“你怎么会掉到海里？”

女孩不吭声，七比继续问道：“你叫什么名字？”

女孩依旧沉默。

七比看着女孩，是个哑巴吗？七比突然想起头骨，每次七比说什么他从来不反驳，也不回答。

头骨，头骨，头骨……思念突然狠狠地咬了七比一口。

“我叫七比，”七比对女孩说，“我以前一直住在孤独岛，我出来找头骨，他是我的恋人，跟你一样不喜欢说话。之前我遇到一个自以为是的老头，因为头骨不说话就怀疑头骨是我虚构出来的，这真让人生气。不喜欢说话不代表他不存在，对不对？”

“也有可能他死了，死人都是寂静的。”半透明的女孩轻声说道。七比惊讶地抬头：“原来你不是哑巴，你为什么会在海上。”

“我是一个海鬼，住在海面上。”女孩说。

“可你刚才在叫救命？”

“水里太寂寞了，我想找个人来陪我。”女孩低头，头发遮住了她的脸，但七比还是能感受到她身体里溢出的哀伤。女孩看向水面，喃喃地说：“可是他们都无法在水里生存，一下水就死了。”

女孩转头看着七比的心洞：“有心的人无法在水里生存，心太重了。可是你没有，也许你可以在水里活下去。”

“所以你是来抓我下海的？”七比向后退了一步。

女孩摇摇头：“本来是这么计划的，但是——”

“你不想我陪你？”七比松了一口气。

“但是在你刚才说话的时候，我喜欢上你了。如果喜欢上一个人，就不能拉他下水了，我只能让你去找你的头骨。”

女孩说完，跳入了海里，再也找不到她的踪影。

变 形 怪

这天，七比在椰子壳里面吃完午餐，摸着鼓鼓的肚子，随着海水的摇晃，正快要睡着的时候，听到“咚咚咚”，有人在敲她的椰子壳。

七比把头伸出椰子壳，一对细长的触角，顶端长着一对眨巴眨巴的小眼睛正盯着七比，这是一个软绵绵的形状奇怪的怪物，他的身体不断地变着形状和颜色，坐着一个漂亮的海螺船出现在七比的身边。

“你就是那个传说中在找头骨的女孩？”变形怪问道，语气中有抑制不住的兴奋。

七比点点头。

“太好了，找了两个月，我终于找到你了！”变形怪兴奋地将脖子伸得老长，瞬间又缩了回去。

“你找我做什么？”七比看着这个陌生的面孔问道。

“我一听别人说到你的情况，就知道我才是那个可以帮到你的人，当然，我也急需你的帮助，所以迫不及待地出发来找你。”

“你知道头骨在哪！？”七比原本快变成死灰的希望瞬间被点燃。

“我不知道头骨在哪。”变形怪看着七比失望的表情赶忙说，“但我听别人说，头骨是在你心洞里消失的，那么很有可能，它现在仍然躲在你的心洞里。”

“理论上说，是这样的。但我在心洞里找不到他。”

“我能变成任何形状，如果我住到你的心洞里，可以正好将你的心洞给结结实实地补上，这样头骨在你心洞里面无处藏身，非出来见你不可。”

“可是，”七比有些犹豫，变心怪紧接着说道，“我帮了你以后，希望你也能帮我一次。”

“我有什么可以帮到你的？”

“我的心里一直住着一个人，她死活赖在里面，怎么赶都赶不出来。你可不可以到我心里，帮我将她赶出来。一个有心的人，没办法随意走进别人的心里面，但是你没有心，你可以根据你的意愿帮我这个忙。”

变形怪可怜巴巴地向七比请求：“请你一定帮我。她一直住在里面，太难受了，如果你都不肯帮我，我只能去心的医生那里做除心手术了。只是，不到万不得已，我不想成为一个没有心的人。”

变形怪说完看看七比的心洞，觉得刚才的话有些许不妥，补充说道：“没心也有很多好的地方，可我实在是舍不得放弃那些拥有一颗心才能有的快乐。”

七比考虑了许久后说道：“先生，我想我不能让你到我的心洞里去。”

“为什么？！”

“心的医生曾经跟我说过，我这样的情况，这个心洞可能像一个黑洞，会吸收消化掉一切靠近的东西，如果你住进去，也许不但不能逼得头骨出现，反倒会像头骨一样，消失在这个黑洞里面。”

七比顿了一下，似乎在思考着什么，最后她说：“真的很抱歉，我想我也不能住到你心里去帮你赶出那个不愿意出来的人。如果你自己都没办法让她出去，我又怎么可能说服她呢？这就好像你家来了一个客人，你赶不走，别人就更加做不到了。”

变形怪的脸变成忧伤的蓝色，七比说道：“先生，我想要是在我的包子屋，如果我不乐意，没人能强留在里面。没有赶不走的客人，只有还舍不得客人离开的主人。”

看着变形怪耷拉着头远去的背影，七比心里觉得十分难过，但她确实对此无能为力。

八 手 怪

几天后，七比得到了关于头骨的第一条线索，是一个八手怪告诉他的。

八手怪有八只手八只眼八只脚，他听了七比的遭遇，哈哈大笑起来。

“你真是个名副其实缺心眼的人，竟然还能把自己的恋人看丢了。对待恋人，你要时刻盯着他，看着他，把他放在最牢固的铁壁铜墙里，哪能像你这样，放在自己心口，你这心口还没个门，两面漏，难怪别人跑了！好在你心口里原本也没存着心，不然你真是跑了恋人还赔了心！”

八手怪大嗓门一声声地嘲笑七比，七比郁闷地咬咬嘴唇。八手怪看她可怜巴巴的样子，也不忍继续说她了。

“刚才你是说你恋人是个头骨对吧？”

七比点点头。

“死神喜欢收集头骨，也许他把你的头骨也收走了。”

“死神？”七比默念着，向八脚怪道谢后离开。离开前，八手怪嘱咐七比：“如果你找到头骨，可千万要记得把他锁牢了。”

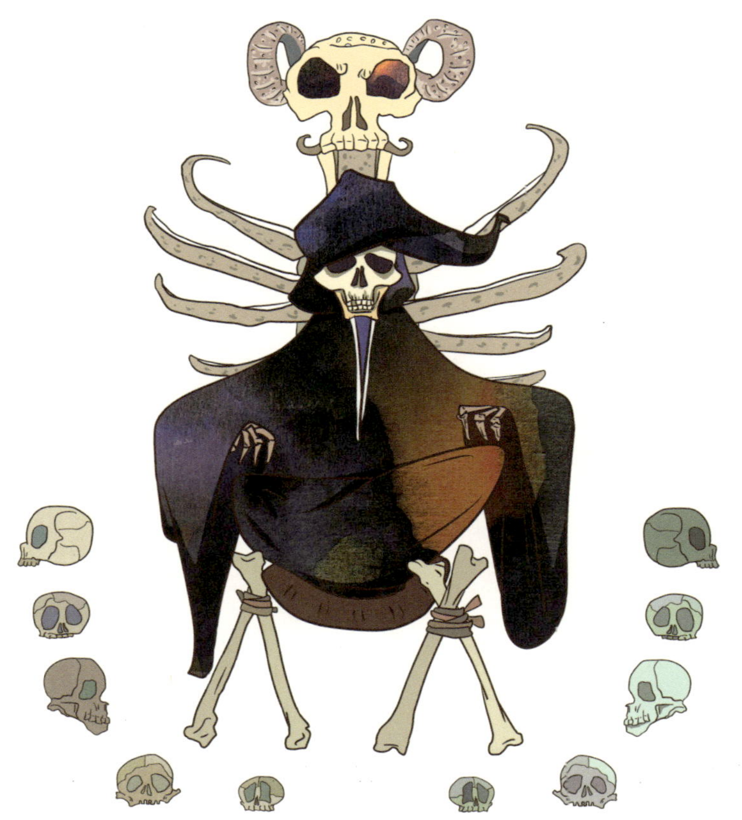

死 神

七比按照八手怪的指引，来到死神居住的岛上。

“死神，你有看到我的头骨吗？”七比走进那一间阴森的宫殿，怯懦懦地小声问坐在宝座上的死神。

死神指了一下地面：“我这里有这么多头骨，哪个是你的？”

七比低头发现死神的宫殿就是用无数头骨搭建而成。

七比难过地想，自己放在心口上的头骨，有可能被死神用来搭建房子，而且还只是这搭建房子的无数头骨其中的一个。七比一想到这，痛心得说不出话来。

“你为什么要拿走别人的头骨？”七比愤懑地问道。

“拿走？”死神轻蔑地说道，“这些头骨自己找上门，我从来没有限制过它们，它们乐意来就来，愿意走就走，可它们觉得我才是它

们最可靠的归宿，在我这里它们才是最自由的，最平等的，所以它们死赖着不走。”

“你一点也不在乎他们，”七比指着自己的心口，“我曾经把他放在我的心口，你却只会把他踩在脚下！”

“你可曾问过他，他愿意呆在心口，还是乐意留在脚下？”死神用细长的手指转着一个头骨，并

笑着狠狠地跺了一下地面，他脚下的两个头骨从宝座上滚了下来。

“我……”七比语塞了，她扫视了一圈地面上的头骨，转身准备离开。

“怎么，不找你的头骨了？”

“你这里没有我的头骨。”

“你确定？”死神拖长语调说道。

“我曾经放在心口的头骨，也许他不喜欢我的心口，但他也绝不会再愿意被别人踩在脚底下。”

“你又不是头骨你怎么能确定？说不定你的头骨就在这里。”死神用藐视的语气说道。

“如果他在这里，他就不再是我的头骨了。”七比说完头也不回地大步离开了死神岛。

影　子

围绕着孤独星球找了一圈，七比依旧没有找到自己的头骨。她有些沮丧地坐在一个小岛上，小岛面积很小，只有七比的包子屋那么大，岛上仅有一棵小树。

夜晚，七比在小岛上的树前升起篝火，看着远方的海平面发呆。她没有那么思念头骨了，她开始怀念自己的包子屋。

怀念风声伴随着的乌鸦叫声，

怀念每天围绕着桌子散步，

怀念把心形的馒头掰碎后放入嘴里的味道，

怀念那一张可以安然入睡的单人床。

“也许我并不像我以为的那么喜欢头骨。”七比喃喃地说道，“甚至，像眼睛树所说，头骨压根就不存在。”

“这谁说得准呢。”一个低哑的声音在七比耳边响起，七比左右环视，身边并无一人。

“别人觉得他存不存在其实一点也不重要吧。”声音再次响起的时候，七比才发现竟然是自己投射到树上的影子在说话。

“你会说话？”七比大吃一惊。

“我一直会说，只是平日里太喧哗，我声音小，你听不到。”影子说道，“就像我一直陪着你，只是你从来不曾留意。”

七比沉默了一会儿，躺下看星空：“影子，我想回家了，可是，我还没有找到头骨，我回不去了。”

“非找到他不可吗？”影子也躺下，问道。

“如果没有找到他，那么我们的相遇，我们的相爱，这段找他的时间，还有其中的思念与忍耐，不都成了没有意义的事情？如果说给别人听，会被人笑掉大牙的吧。”七比回想八手怪大声的嘲笑声，喃喃地说，“这样太没面子了。”

“那你现在是需要找到他还是想要找到他？”

七比沉默了，半晌后她说道：“有头骨，生活更有趣一些。”

“可是他在的时候，你并不快乐。”影子说道。

“我没有心，”七比说道，“我想，没有心的人，无法储存快乐这种情绪。”

“这么说来，你现在需要找的，并不是头骨，而是你的心？”

七比思考了一会儿，点点头：“大概，我得先找到心，然后把心洞补上。有可能我会再遇到头骨，有可能我再也找不到头骨了，但至少，我不会再让另外一个人消失在这个心洞里面。”

这个夜晚，七比决定回孤独岛了。

男美人鱼

七比回程又路过了遇到美人鱼小姐的那个礁石，但是她这次没有看到那个美人鱼小姐，倒是见着了一位弹琴的男美人鱼，他坐在礁石上，自弹自唱着优美的歌曲：

“我们能不能到那遥远的黄昏海？

游过浅浅的爱情河，

翻过现实的高山，

迈过自我与爱情的分水岭，

穿过人生的低谷，

越过平淡无奇的平原，

我们能不能到那遥远的黄昏海？

在黑暗之后，

夜幕之前？

……”

七比划着椰子壳过去：“美人鱼姐姐不在了吗？”

“她离开了。”男美人鱼说道，他说话的声音跟他的歌声一样，沉稳、好听。

“不在了啊，本来还想回来的时候跟她打个招呼。”七比有些遗憾地问道，“那她什么时候回来？”

男美人鱼望向海平面：“不知道什么时候，但是她总有一天会回来的。”

“人鱼哥哥你是美人鱼姐姐的恋人么？”七比问道，“她走了你为什么不去找她？万一她不回来了呢？”七比想到在岛上等了一百年的石头精，“万一她在另外的地方等着你呢？”

男美人鱼说道：“我找到她没用，等有一天她找到她自己，她相信她自己了，她就会回来了。”

“是这样吗？”七比默默地在心里想到，那是不是头骨有一天，也会自己回来？她回过神说道，“那等人鱼姐姐回来，麻烦转告她，就说出去找头骨的七比回来拜访过她了。”

“头骨？”

“他是我的恋人，他消失了。我出去找他，没有找到，就回来了。”七比说到这里感到一丝挫败感，“非但没有找到他，甚至被人说头骨原本就不是真实存在的。其实在海上漂久了，有时候我也怀疑，我们之间的爱情，是不是我幻想出来的虚幻的东西？”

“你喜欢他吗？”男美人鱼微笑着问。

“喜欢，”七比犹豫了一下说，“可是如果他不喜欢我，或者他本身都并不存在于这个世界上，这还是爱吗？”

“爱情是一种感觉，”男美人鱼笑了，“感觉这种东西，就是你相信它是真的，它就是真的；如果你不信，原本是真的也成了虚幻之物。妹妹，相信这种能力，可能有时候比爱的感觉更难得到。”

男美人鱼看着海面：“她，就是因为不信。”

七比点点头，说道：“我这一次出去也明白了，无论头骨去了哪里，无论他会不会回来，我现在最要紧的是找到我的心，把这个心洞补上，不然哪怕他回来了，我也会再次失去他的。”

归来

快回到包子屋的时候，
七比遇到了喜欢乱射箭的小孩。
小孩的乱箭再次朝她心口射过来时，
她原本没有觉得有任何的危险。

要知道，
她是一个没有心的人，
但是——
七比突然想起消失在心洞里的头骨，
头骨有没有可能还在心洞里？
箭会不会射中头骨？

七比惊慌地用双手护住心口。
她感到撕心裂肺的一阵疼痛，
低下头，血从她的心口淌了出来。

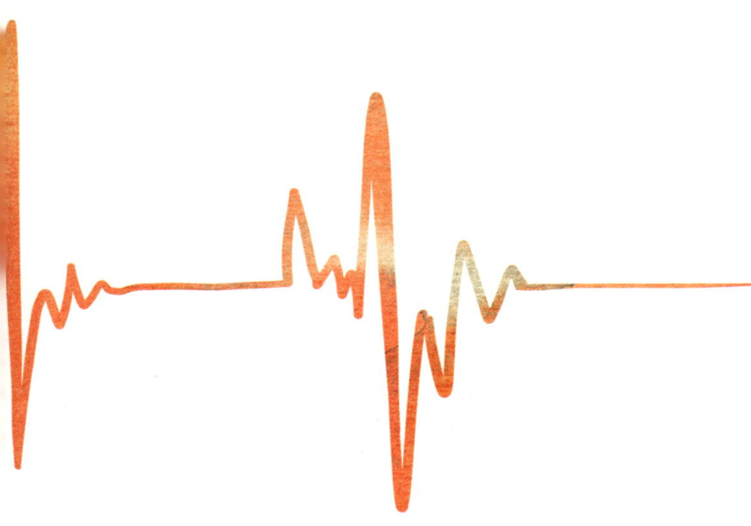

就在那一瞬间，

七比听到了自己的心跳声。

那么微弱，又那么有力的——

心跳声！

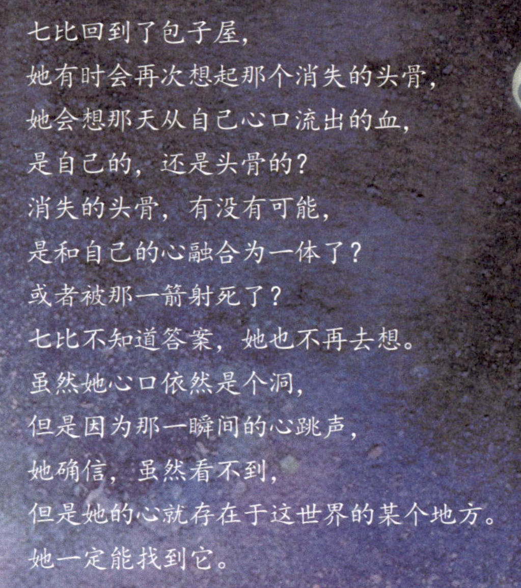

七比回到了包子屋，
她有时会再次想起那个消失的头骨，
她会想那天从自己心口流出的血，
是自己的，还是头骨的？
消失的头骨，有没有可能，
是和自己的心融合为一体了？
或者被那一箭射死了？
七比不知道答案，她也不再去想。
虽然她心口依然是个洞，
但是因为那一瞬间的心跳声，
她确信，虽然看不到，
但是她的心就存在于这世界的某个地方。
她一定能找到它。

你在帮我补心吗？
真好。

……

没有心。
当然……
可以轻易地逃走。

好难过，难受……

就这里吧……

一直盯着我……
这……
是喜欢我吗？
一定是喜欢我！

也不是不可以啦……

我喜欢你~
…

我超级超级喜欢你!
…

你喜欢我吗?
…

你背着我投胎去了吗!?
…

你表哥来了！
欢迎~
你喜欢哪个杯子？
好萌……
请用。

我能飘了？？

恩……
这里真好看~

这是约会吗？
上船，我带你去另一个世界。

你去活着吧！
我才不是你对象!!

“你很特别。”
很多人这么说。

以前，我以为他
们爱上了我。

很久之后，我发现……

他们真的只是
觉得我太特别了。

也许我应该喜
欢其他人……

你%我&#*&……
啊！你说什么？

你可以走远点吗？
不要踩到我衣服。

永远都只喜
欢你一个！我
再也不会爱上其
他人了！

愚民，我能实现你们的愿望哦！
叽叽喳喳
让所有人都喜欢上你怎么样？
可是……

可以让骷髅头喜欢我吗？
啊，这有点难办……
知道了！我要给你聪明，聪明到知道永远永远都不会被他喜欢。

我想我大概感冒了。

每次想对你笑，
眼眶却红了。

当我更努力的时候，

眼泪却
从鼻子流
出来了。

关心我，关心我。
我流血了……
……

看，我胳膊骨折了……
……

……
……

慢慢地，
我变得再也不
会受伤，再也
不会生病。
……

也许你不知道，
睡在野外是非常危险的。

草总是会挠得胸口痒痒的。

一些植物也长得出乎意料的快。

有时睡醒起来……

图书在版编目（CIP）数据

致郁系女孩和消失的头骨 / 彭彭著. -- 上海 : 上海社会科学院出版社, 2016

ISBN 978-7-5520-1459-4

Ⅰ. ①致… Ⅱ. ①彭… Ⅲ. ①长篇小说－中国－当代 Ⅳ. ①I247.5

中国版本图书馆CIP数据核字(2016)第156712号

致郁系女孩和消失的头骨

文　　图：彭彭　燕十三

责任编辑：王晨曦

装帧设计：朱雨

出版发行：上海社会科学院出版社

上海顺昌路622号　邮编 200025

电话总机 021-63315900 销售热线 021-53063735

http://www.sassp.org.cn　E-mail:sassp@sass.org.cn

照　　排：燕十三

印　　刷：上海丽佳制版印刷有限公司

开　　本：890x1240毫米　1/32开

印　　张：4

字　　数：110千字

版　　次：2016年8月第1版　2016年8月第1次印刷

ISBN 978-7-5520-1459-4/I·202　　定价:29.80元